降落的時刻

青年之著陸
──「陸詩叢」總序

文｜茱萸

在此呈現的是「陸詩叢」，由六冊詩集構成。我們規劃並期望，於「第一輯」之後，會陸續推出更多獨到的文本；而率先問世的首批詩集，理應被視為設想中的一個開端。

揆諸現代漢詩的歷史，我們深知，基於「嘗試的開端」何其重要。而在這個文體一百年以來的發展進程中，「青年」始終扮演著至關重要的角色，現代漢詩的事業亦總是與「青年」相關──無論篳路藍縷的「白話詩」草創者，還是熔鑄中西的「現代派」名家，抑或洋溢著激情的「左翼」詩人，以及兼收並蓄的「西南聯大詩人群」，都在他們最富創造力的青年時期，開始醞釀甚至開始成就他們標誌性的作品。肇始於1970年代末的中國大陸「先鋒詩」，亦起始於彼時仍是青年的「今天派」諸子對陳腐文學樣式的自覺反叛。這是文學領域富有生命力的象徵。此後的四十年間，在漢語世界，這個領域借助刊物、社團、學校、網路等媒介平臺，源源不斷地孕育出鮮活的寫作群體與個人。

作為此脈絡的最新延伸點，出生於1990年代、成長並生活於中國大陸的年輕的詩人，在本世紀首個十年的後半期，開始呈現出集體湧現之勢。轉眼間已有十年的積澱，先後誕生了一批富有實驗精神的創作者。出現在本輯的六位「青年」──秦三澍、蘇弦、蘇畫天、砂丁、李海鵬、穎川──即處於此最新世代的最具代表性的序列。

　　這幾位年輕的詩人，已在北京大學、復旦大學、同濟大學、中國人民大學、中央民族大學等中國大陸知名院校完成不同階段的學業，經歷過漫長的「學徒期」，擁有多年的「寫作史」，並已積攢了數量可觀的作品，形成了頗具辨識度的寫作風格。同時，他們亦獲得過不少權威的獎項，並在文學翻譯、批評與研究等相關的領域裡亦開始嶄露頭角。可以說，他們是一批文學天賦與學術素養俱佳、極富潛力的中國大陸「學院派」青年詩人。

　　憑藉各自的寫作，他們六人已在同輩詩人中占據了較為重要的位置，經常受到來自各方刊物與學院的認可，並擁有了一定的讀者規模——然而，由於機緣未到，在兩岸四地，他們的作品都尚未正式結集。所以，本次得以出版的這六部詩集，對他們來說，具有非比尋常的意義。大家的關注和閱讀，更將是他們未來所能睹見的漫長寫作生涯中的第一個重要時刻。

　　這些詩，以及它們的作者，對臺灣的讀者來說，肯定還非常陌生。他們來自中國大陸，得以湊成一輯的作者數量又恰好是六（陸），於是，我們乾脆將之定名為「陸詩叢」。他們平均在二十七、八歲的年紀，是十足的「青年」，在中國大陸，則通常被冠以「90後」的名目。但這種基於生理年齡的劃分，目前看來並沒有詩學方面明顯的特徵或脈絡，能夠使他們足以和前幾個世代的詩人構成本質上的區別。因此，毋寧從詩人的「出身」及「數量」兩方面「就地取材」，以之作為本詩叢命名的便宜行事。

　　機緣巧合，此輯作者的社會背景與寫作背景均較為相似，但這並不意味著詩叢編選者的趣味將要限制於特定的群體。相反，正由於此前因，我們遂生出持續編選此詩叢的設想，擬遵循高標準、多元化的原則，廣泛地選擇不同背景與風格的作者，陸續推介中國大陸更年輕世代（繼「朦朧詩」、「第三代」、「九十年代詩歌」以及「70後」

等之後）的詩人及其寫作實績，以增進了解，同時促進兩岸的文學交
流。但詩叢之名目既定，以後所增各輯，每輯僅收入六位作者、六冊
詩集，以為傳統。

　　本輯六冊詩集內，除詩作之外，另收錄有每位作者的詳細介紹和
自作跋文，更有他人撰寫的針對他們作品的分析，出於體例的考慮，
此處便不再對他們進行一一的介紹和評論。我願意將本次「結集」的
「集結」，視為六位中國大陸青年的詩之翅翼初翔後的首次著陸。

目次

輯三｜遠觀與回望

輯四｜往日的雲霧

降落的時刻

郊外
——在去往波列諾夫莊園的路上

（一）

車子在加速。打瞌睡的中年幹部
靠在前排座位上。昨夜的酒醉還沒有消退
熟悉的困倦沿著汗珠爬上額頭

旁邊的車窗玻璃上，不斷閃過另一側的蘇式建築
排成長長的一列
像是某部老電影的片段
戰事曠日持久。他轉過身來
沒有注意到，鈕釦的防線已經鬆動

（二）

山路顛簸，夢也變得崎嶇，他醒過來
某種陌生的感覺揮之不去，彷彿突然中止的歡樂
再也無法接續。車子停在路邊
雲在低矮的空地上匯聚，尚未結束的黨課
又被竄出的鳥鳴打斷

他夾緊自己的公事包
徒步前行，卻被路邊的花叢吸引
光線在頭頂的樹蔭中閃爍，像是年幼的瞳孔裡
輕輕晃動的星空

（三）

房屋隱藏在山野間。不斷分叉的小路
始終無法通向那個約定的地址
他快步走
像是躲避尚未到來的暴雨。樹林再次遮擋視線

他喘著氣，四處張望
一座教堂突然闖入視線
山坡的另一側，河水無止無息，流向遠處

2019.6，莫斯科

寫生
——訪帕斯捷爾納克故居博物館

（一）

風推開窗戶，海水距離我們更近了幾步
白樺如同桅杆，張開帆布一樣的光
刻在樹上的文字，已經結疤，無法辨認
與它本身的紋路纏繞在一起，長成藤蔓

（二）

穿淺藍色襯衫的老人，弓著身子前行
像是久居於此的動物，正為生病的松樹
感到揪心。頭髮已經灰白，紅色筆記本
夾在腋下。他的眼中藏著蒼老的風景

（三）

寫生的女孩架好畫板，陰影在紙上跳躍
顏料相互交纏著，將房屋收束到筆端
彷彿回憶的顯影，雜亂的草叢變得熾烈
那些突然振落的枝幹，被花朵重新記起

（四）

那雙靴子放在門口，像是剛剛結束了
一次散步，還沾著泥巴。暴雨沖刷過後
陽光更加透亮。那只曾經舉起的杯子
被沒有休止的風不斷倒空，又再次倒滿

2019.6，於別列傑爾基諾

海濱回憶錄
——訪一位翻譯家

後來，你常常繞過那條陌生的街道，沿著一條小路
走到海邊，看遠處晃動的水位漫過低矮的淺灘
幾個男孩來回奔跑，不小心將足球踢到了你的腳下
他們的年齡被海浪反覆拍打，緩慢地挪動位置

有時候，海霧也會順著小雨的方向，再次找到這裡
它們停留在你的眼中，和疤痕一樣，揮之不去
窗戶打開，一度微弱的蟬鳴，在耳邊重新開始轟響
這衰老的降噪器，像是結束了一段漫長的飛行

五十年前，那裡還是學校，你指著街道對面的商城
像是在指認一次案發現場。曾經被染紅的雲彩
紛紛沉入水底。年輕的熾烈的衛兵，也都已經散去
後來，你常在陌生的臉上看見某個熟悉的面孔

某個更久遠的地址，在悶熱的風中拉緊與你的距離
光在窗簾上寫著，書頁來回翻覆，失眠的指針
更改著往事的刻度。你打開一個房間，但它是空的
樓梯口，一個完全失憶的老人，小聲問你是誰

2019.7，於上海浦東

降落的時刻

——在從北京開往烏魯木齊的飛機上

彷彿周圍的黑暗忽然晃動了一下，我們
在陰沉的轟鳴聲中醒來，手臂仍然有些僵硬
還未適應長久端坐的姿勢

這是入夜時分的高空，許多人還在昏睡
雲彩湧入悶熱的夢境，或是攪進喧響的渦輪
窗外，記憶不斷平移，機身一動不動

更遠處，天色一度轉明，很快又暗了下去
這是時間相互抵消的時刻。我們像往常一樣
讀過期的雜誌，在狹窄的角落，與某個
陌生人一起站著

隔壁的座位上，有人開始閒談，說起新生活
翻修過的街道，摩天輪和巨幅雕像並排矗立
他們這樣描繪著，並做出仰望的姿勢

飛機開始降低高度，一個孩子哭出聲來
有人連忙側身往窗外看。在那裡，整座城市
像是燒焦了一樣，熾熱的星星正從灰燼中
緩緩升起

2018.2

拔牙手術

直到突然醒來的某日清晨，他才在已經消腫的
水霧裡，逐漸習慣那個一度有些陌生的面孔
麻藥的作用已經消散，這是一月，雪仍未落下

鏡子裡的他開始穿衣服，讓不太合身的袖口
拉伸手臂。鞋帶相互糾纏，並結成飛撲的姿勢
手指發涼，像是率先適應了漫長的陰冷天氣

他吃早餐。線還未拆開，食物有種陳舊的味道
昏沉的光束在盤子裡打轉，他輕輕地咀嚼著
微弱的疼痛感，熟悉張口或是保持沉默的方式

他走路。每一天，都有新的廢墟在遠處升起
有時它也出現在身體內部。總是最堅硬的部分
最先開始損壞，在無數次碰撞後，迅速萎縮

他乘坐電梯上到頂樓，鏡子裡的身體開始下沉
有人遲疑了片刻，轉過身，站在自己的背後
他忽然想起很多事，雙腳卻彷彿仍然深陷雪中

2018.1

邊界地帶

天色加速變暗的日落時刻，依然有人在周圍來回走動
那些逐漸清晰的身影，在夜幕中重新變得遙遠
沒有雪。正在被翻修的柏油路面，結出細碎的寒冷

這是十二月邊境的城市。不必去抬頭看，也不必
用長談消磨永日。鴿子從尖頂的高處下來，低沉的光
尋找著新的棲所。已經開裂的建築，變得更加寂靜

那些地名曾經和水泥一起，在旗幟中生長，但現在
人們已經學會如何與記憶相處，正如象走田，馬走日
過期的生活指南上，只剩下革命舊址與未接來電

也有人越過欄杆，提前走到對面，完成了一次突圍
或是忽然停下來，聽往日的鴿哨在車流的喧響中升起
但很快，風從風聲裡傳來，行道樹重新隱入叢林

在無數的空間之間，人們練習反鎖，轉身，迅速睡去
重複的熟練動作，將身體裡陌生的部分推向邊界地帶
只有口袋裡的鑰匙，仍在局促的黑暗裡叮噹作響

2018.1

森林公園

最先死亡的是花朵。清晨，露水在枝葉上逃竄
成群的陰影也開始遷徙。光在移動，這是秋天

不斷有別處的樹木被栽植到這裡，重新翻修的道路
讓棲居於此處的蟲鳥再次變得陌生。總會有人離開

老人們來回慢跑，步履平緩。他們每一次穿過叢林
花草便更荒蕪一些。變冷的風沿著熟悉的方向闖入

逐漸縮小的池塘顯得更加空曠，最後被樹叢佔據
腐爛的獨木舟匍匐在那裡。並沒有對岸可以橫渡

高壓線懸在空中，路牌卻指向昨日，廣場仍然空著
孤獨的人獨自穿過荒野，迷路的人偏偏癡迷於歧途

很快，風景恢復了寂靜。枯草搖曳著，相互追逐
人們結束晨練，返回家中。並沒有什麼可以失去

2017.10

烏魯木齊（一）

那些最危險的時刻終於都已經過去
你我依舊像以前那樣，嘗試著
早睡晚起，習慣那些蔬菜店、廚房
和防暴員警，並為一種安穩的生活
感到快樂。在頂樓入夜的陽臺
看遠處的塔吊，對話總被沉寂打破

有時候，山水隔絕的消息，夾雜著
隔壁做菜的飯香，從抽油煙機那邊
傳來，風波往事變得飄渺而有滋味
革命的長談也暫時被肥胖問題取代

再喝最後一杯啤酒，你就能有勇氣
選擇辭職，回到邊境那個鎮子上去
但不斷升高的疲憊帶來一種舒適感
讓我們很快地各自睡去，並從手機
那無休止的震動中夢出了防空警報

2014，致翟雪峰

烏魯木齊（二）

火車上醒來時外面的雪還沒有停
他並不清楚自己已身在何處；只有在
快要抵達終點的時候，喝下的水
在身體裡發冷，他才感覺到胃所在的
位置。對面那個半途上來的中年男人
還在響著鼾聲。手機暗自震動
短資訊無人接收。窗外，後退中的雪
好像從來不會停止；這是在夜裡

厭倦。他從座位上站起身，
小心經過這些熟睡的人們，像是經過
某次微型戰役後，格外寂靜的清晨
他們有的張著嘴，但並沒有任何聲音
那兩個逃票的男孩，睡在椅子的下面
某個女生倚著鏡中斜靠的自己，疲憊

變得對稱。夢，仍在繼續。像是現在
他站在車廂的銜接處，背對著車窗
每當他轉身，雪就從每個角落滲進來
在不注意時落向他的肩膀，並且焊住
那沒有關緊的一切。像是現在，他
只能再次回到這場不肯終止的風雪裡

2014.1，寫於抵達終點時

烏魯木齊（三）

在後退中滑行的風景上的雪
不斷睡去又醒來

雲迅速降落。高壓電線如空中纜車，懸掛著
中空的月亮。狹窄的人行通道，夜間廣播重複播放：
西安、河西走廊、天山，這些名詞遠離北京，寓居在遠方的
灌木叢裡

而我在凌晨從烏魯木齊
轉車到昨日的邊緣——博爾塔拉、
阿拉山口。此刻尚未封閉的房間，不斷生長出
庭院和草木；那只試圖空翻的椅子，已重新恢復安靜
如同月亮——這悲歡的離合器，仍在降落，它們彼此相距
如右耳

與左耳。我在冰冷的黑暗中說出往日的雲霧：
這舊時的千紙鶴，仍在傾吐日漸寂靜的叫賣聲
比如銅鎖，或是迴紋針。在這星群之間，我漸漸遺忘某次
寒暄

（或是囈語）。那觸不可及的，便是邊境
（或者祖國）：鳥群銜著風，飛過積年的樹影
這蒼老的枝椏，帶著易折的回音，在季節邊緣，守看遠處
未肯結冰的河

遠處——不斷張開的
迅疾的河岸，想起多年前（面對另一岸）某次未遂的跳躍

2013，塔斯爾海

絕望與欣喜

德黑蘭

我們從機艙中出來，穿過蟹爪一般的廊橋
在凌晨四點的候機室裡，等待著
另一輛飛機的起飛

機場離城區很遠，建築低矮，彷彿在匍匐
那些牆畫裡的戈壁灘跟新疆很像
對你來說卻很陌生

周圍的女遊客拿出備好的紗巾，掩住面孔
你只好用毛衫代替，躲避著員警
像是個可愛的刺客

隨時都可以變身，或是從人群中突然隱匿
昏沉的座椅上，隊服彼此依靠著
安靜的足球運動員

是一種鬆開的時刻，讓我們清楚地感受到
更真實的力，抵擋住遠處的夜幕
困局也終會有轉機

海口灣

像是回到了尚未下雪的城市。突然的降溫
讓久居於此的椰樹，也變成有些陌生

這是十二月最後的晚上。海水拍打著堤岸
送過來一些關於未來的消息，泛白的泡沫
不斷推揉著，在新年的煙火聲中潰散

喧鬧的海鮮排擋，蝦貝擺成了花環的模樣
穿過魚腹，以及那些並不知道名字的事物
盤碟裡的歡笑聲，在我們的周圍來回傳遞

現在，溫度在你的額頭彙集，偶然的囈語
從慌張的睡夢中傳來，像是遭遇一場風暴
尋找熱情的我們，坐在水杯和藥片的兩端
彷彿遠處的浮標，無法被緊握的雙手溶解

海霧在玻璃窗外瀰漫，模糊了時間的刻度
就這樣，身體的日曆被看不見的手指翻頁
我們像是沒有枝葉的樹幹，在黑暗中起身

2018.12.31

安卡拉

九月的亞細亞城市，寒冷從裹緊的衣領裡
瞥向我。頂樓的理髮室，塑膠模特站成一排

地下電影院。醒目的好萊塢電影海報
扮演日本藝妓的中國女演員，用陌生的眼神
看著我，彷彿在看著一間虛掩的暗室

隔著螢幕，返鄉的文學青年，和記憶辯論
偶然相遇的舊日戀人，像是無法交換的位置

對話停止的時候，光加速穿過身邊的黑暗
窸窣作響的葉片，在樹蔭下發亮
某個短暫的片刻，陰影和陰影相互纏在一起

像是多年前，輕快的夏日，風順著田埂流淌
澆灌過後的下午，葡萄張開自己

這些都會過去。現在，那棵荒郊外的野梨樹
在黑暗中繼續生長，高過逼仄的地下影廳
也高過那座人流密集的城市。

2018.9

臨時演員

那時我正要出城去，決心迎戰那捷足的
阿基里斯，但是你拉住我，說要給我
一些囑咐。我抱怨著戰服真難看而笨重
中國絲綢在你身上卻很合身。在這個
仿古式房間裡，熟悉的事物隨意地堆放
你脫下它們，並幫我解下頭盔和盾牌
於是鏡子裡的回廊變得繁複。

　　　　　　　　　再遠一些
我們就能更清楚地看清對方，但一種
更真實的生活命令我們在虛構的被單上
翻轉，將偶然的失語插入預設的情節
並不斷重複著沉默。赫克托爾，讓我們
就這樣死去，或者退向更瑣碎的事物
你對我說。

　　　　　　　　一切都在下墜，我們被拋向
最後的高潮。這被鏡子所複製的角色
將要走出城去，只有投空的武器和重現
的往事。此刻我和你相擁著痛哭自己
卻只能被從瞌睡中趕來的導演連忙喊停

2013

戀人的清晨

夜裡我再次夢到你我回到房間
在對方的身邊一同躺下
並逐漸在變沉重的身體裡變輕
你躲在你的肺部後面，而我在
我的胃裡尋找電池
電燈一直暗著：你轉過身去
而我躺在過期的晚報與早報上
並夢到了鼾聲

清晨你叫醒我，開始在我身上
用手指描繪雲和水，而我也在
你身體裡種植糧食，並反覆用
你的聲音收割自己。窗戶打開
又再次關閉。就這樣我們試圖
沿著日出的反方向不斷向對方
奔跑。我說我如雲杉熱愛水杉
那樣愛你，想要和你一起
練習生長並且變老，卻在鬆開
的剎那怎麼也想不起你的名字

2013

戀人的黃昏

整個下午，我們就這樣躺在房間裡
什麼也不想做，手指沿著你的身體
從峰頂突然跳下，跌入淺淺的谷底

於是我又完成了一次死亡。你起身
繼續整理退租單，將那些洗漱用品
放入行李箱，彷彿準備短暫的出遊

這是八月，天氣晴。沒有一場風雨
可以打探明天的消息。也並沒有雪
可以阻止那些水果的腐爛。恍惚間

廢置的洗衣機，依然在發著轟鳴聲
某種東西即將結束，最後我們乘坐
地鐵去南站，和他們一樣，低著頭

走過北廣場。你進入剪票口並向我
招手告別，狹窄的自動門，只允許
一人通行。我背對你，想要轉過身

但沒有回頭，像是一個終於上場的
角鬥士，面對遠處毫無生氣的日落
等候著自己──那最終的失敗

2013.8

戀人的夜晚

在你的兩腿之間，在將要潰敗的插花
和器皿的周圍，是你不斷變化的叢林
我輕輕的觸碰，如人們日夜所仰望的
永恆的吊燈，在你我之間不斷升起和
降落

你關上燈，並拆解下身上所有的花朵
形狀以及顏色，也脫下我隱匿的偏旁
時針試圖變得堅硬，指向幽暗的內部
一切正開始變格，撥開潮濕的形容詞
親愛的，我們總是

在奔跑中不斷墜落，承受去年的雨水
在過多的黑暗中我們試圖剝開對方的
緩慢的清晨，如同兩顆無形狀的球體
被投擲於欣喜又絕望的半空中。隱喻
變得黏稠，等待著被生活再次清洗

2013

戀人的午夜

依舊是不會敲響的鐘聲伴隨我們，穿過
那仍未散去的迷霧，抵達這最後的夜晚。依舊是

無法兌換的寒冷，帶來炙熱的暈眩。那些爭吵與和解
都被時間擱置。不安的低語，卻如塞壬的歌聲
從遠處傳來，穿過晦暗的街道，讓屋頂上空的鐘擺
也加速變形。

這致命的音樂。昏暗的時刻
像是植物的葉脈，在你我的手心閃動。而年齡的枝椏
伸展著，撐開過往的一切，直到那些沉靜的漩渦
再次湧入視線。

卻終會有喧響的鳴笛讓你從清晨的降雪中醒來
──世界已經變換面目，冰雪何時才能消融
我靜靜地聽著。像是度過了又一個十年
又彷彿已經等待了許多個世紀

2016.1

拐角

那張舊沙發終於從樓底搬了進來。我坐在沙發上
喘著粗氣，說起辦公室裡的那個夥計回到了農村
你站在窗臺前不說話，樓下賣水果的人正在收攤
客廳不大，那張床又占去了一部分，剩下的部分
如同外面那偏僻的城郊。我吸著煙，空的飲料瓶
被疊放得越來越高，玻璃水杯變得如玻璃般抽象

霧更加黏稠。我們在白色的河岸眺望，鳥群飛過
我們的倒影向著水的更深處散去。此時一張沙發
出現在視線的中間，讓我坐到我最後醒來的時刻

我穿好衣服，關閉那個還未響的鬧鐘，然後下樓
你醒以後就去學校。新洗衣機震動的下午，拐角
的對面，搬東西的那個男人停住，並親了她一下

2013

圓明園

假山被滑鼠清空，湖水遂鋪開空白文件
你我居中，也無法整除彼此
沉默的格式。雲不斷複製，痛苦的廢墟
另存為風景區，粗體的遊客
不時留意那些新奇的註腳。
　　　　　　　　　　此刻，他們
散了，你我在夜色的掩護下
翻過斷裂的頁眉，在雜亂的空行處躺下
我解開你的輸入法，你脫去
我的標點符號，退格與回車交錯著輸入
美麗的亂碼，直到風景打開
記憶的超連結。
　　　　　　　　你我躺著，孤獨因此而
變得對稱。在圓明園，植物
的頻率不斷被撥慢，你我也只能並列著
填補身體裡不斷消失的部分
但無法形容的手仍將我們剪切，將記憶
徹底刪除，等待著再次命名

2013.9

輯

遠觀與回望

三

音樂盒

她的動作還不太熟練。當笨拙的打火機
靠近燃氣灶，砰地一下，可以感覺到
火焰和皮膚相互觸碰的聲音。她收回手

這個動作每天都會發生。就像窗戶外
巨大而突兀的焚燒工廠，每天都在那裡
擱淺的信號燈，在雨霧中，忽明忽暗

這又是一個無法遠望的夜晚。她將花椒
放進熱油鍋裡，彷彿一次輕微的爆破
冷水裡的肉塊，還在化凍。在每個片刻

都有飛機起飛和降落。轟鳴聲撲過來
像是海浪。整個房間忽然變得濕漉漉的
她關緊了窗戶，卻還是有低沉的聲音

從不知名的角落傳來，像是重複的和弦
那座巨大的焚燒工廠，開始慢慢坍塌
她忽然想跟人說些什麼，但講不清緣由

手記（一）

所有註定要降落的
都預示著再次降落。當你偶然間

翻到某個過世朋友的號碼，或是某個沒有
回覆的短信，他正在遠處的山間公路上騎車

一遍遍經過那些向前趕路的人們。當你某天早晨
從睡夢中醒來，他已經醒來；或是某個下午，你下班

坐地鐵回去，但不想回去。那些牽著她們的，也牽著你
天快黑了。你沿原路遊走，卻再也無法回到那暴雨前的下午

2014

手記（二）

那些年輕且笨拙的
都習慣了冷水浴。像是多年以前

煤塊堆在雪下變得堅硬，或是今天下午
她在地鐵上剝柚子。一切從外面開始變暗

總是這樣。風如一隻速記員的手，她站在銜接處
地鐵經過北京南站，變慢的動態廣告提醒她加速向前走去

2014.1

手記（三）

重複躺下的時候，未擰乾的衣服上
有水從衣襟開始滴落的聲音，懸起的衣架

在黑暗中發亮。窗簾沒有拉緊，但沒有關係
她翻過身去。一切變得更加緩慢，如闔上的抽屜

許多飾物容易變冷，許多空白的便簽從翻覆的書中遺失
手套卻還是新的，像記憶裡的另一隻，鬆開無法墜落的冰雪

2014.1

手記（四）

臨近中午的冰面顯得堅固、寬闊
年輕的人們重複劃出的弧線，沒有終止

所有無法說清的都變成了霧。你坐在湖邊
看冰面下，那些堅硬的泡沫，而冰刀在遠處的季節裡

閃爍，像夢一樣。你走在他們中間；有人停下，有人認出了你
一切再次變得陌生，像是從樹冠振落的雪，從一場可能的潰敗中逃離

2014.1

手記（五）

它壓迫你，念你的名字
在傍晚準時解開那織好的素衣

水面上升時它試圖照出你的模樣
但倒影在你想要站起的時候沉下來

風和雨的死亡速寫，燈芯在你遲疑時
被蟲蛾撲滅。偶然的嘆息丈量著腳步聲

有人起身，躲避開雜物，走向黑暗裡的床沿
你熟悉這緩慢的一切，心事卻被無意間憶起的人猜中

2013.12.31

陽臺

他越來越喜歡去更高的地方
每一個陰晦的早晨，樓梯因而顯得必要
他站在陽臺上，將所有瑣碎的時辰用於觀察
遠處的山丘，樹木不斷被刪減，他變得
遲疑，像是在用一種笨拙的姿勢
等待著，讓更迅疾的風雨擦掉那些突然的
鳥群和變故。每一個晴朗的下午
他站在陽臺上，看更多的陽臺依次展開
注視，讓一個人變成另一個人，而一棵樹
永遠站在昨天站立的地方，看他如何折返於
尋常的晝夜，習慣這多雨的亞熱帶氣候
並從一罐凝固的蜂蜜中，撬出一份契闊的甜
又或者是，在仍舊有些悶熱的黃昏
從來自北方的長途電話裡，辨認出一種秋寒

他越來越習慣於快速入睡，如同拋起的卵石
再次沉入水中，等待著，從低矮的床頭
游向陽臺——那不斷生長的樹冠

2014

對面的人

如果此刻我開口，像他和他們
談論初雨那樣，試著與你說起往事，比如
去年回鄉，和一些人說起另一些人
那時雨正在下，躲雨的的人敲門進來
抖抖衣服，在爐邊各自寒暄兩句；又或者是
前歲新年，隔街而居的兩個老人談至入夜
雨停之後，低飛的燕子變得遠
所有熟悉的事物開始被浸濕
那片野地裡的玉米開始鬆動，像牙齒
在沉默中遲疑

如果我決定走向你，像他們
談論往事一樣，說起此刻的雨
我們就可以繞過那些人，從雨水中走出去
就可以在天橋上停下看車流往復，從另一條街
回到這環形劇院的門口
傘就這樣撐開著，被我們放進
那個潮濕的下午

直到現在。你卻只是低下頭
繼續吃瓷盤中的食物，或是望向窗外。
於是，在人群中，你我
再次變得陌生

2014

一次散步

臨近夜晚，湖水尚未拒絕
夜間散步的人們遠望的姿勢。冰
不斷向冰的邊緣堆積，周圍的泡沫支起
虛構般的路燈，剩下的
便是他無法說出的部分。

當被砍去枝椏的樹幹朝著水的隔岸傾斜
變幻的倒影仍像肺片一樣散開。他向下看的時候
什麼東西同樣也攫住他的心，讓他不得不
朝著與往日相反的方向走去。起重機
翻新後的石徑，就要重現夏日夜晚的人群
空置的長椅，讓不可見的月色也顯得多餘

如同一場預演的懷舊，霧
瀰漫在每一處他忽然停下的地方
所有冰不斷昏瞶的日子
那些衰枯的植物在風景的邊緣，向水的更深處
沉降，讓他在迷失的路徑中間，走得更急

2014.2

家庭教師

在這個陌生的客廳裡，他終於
站在了這對父子之間，並從窗外的
陣雨中，為他的拘束找到了理由

他試探著，與那個男孩聊天，問起
他的名字。燈光從他攢緊的手心
分割出晦暗，讓他們的影子在彼此的
身體裡過渡。

從微冷的水杯裡他找到了適應的方法
並學會將它喝到適當的位置
他也已經懂得如何控制另一種語言的
危險聲調，並在兩者之間小心地
來回跳躍，但他始終無法用一種生活
去揣測另一種生活，只能用間或的
停頓，沖淡某一次無心的語塞

天已經暗了。他好像終於從客廳
再次走向客廳，但倒讀也無法讓一切
逆轉。他必須停止朗讀，從雷聲盡處
那個等待著他的房門走出去，回到

這家庭之外的暴風雨中。他必須
在奔走的間歇轉過頭來，讓自己看見

2014

漫游

清晨火車在海邊穿行
遠處的落葉林從睡夢中揉出青色
並不斷在層積中回望

七月末，未到來的起點讓我們抬起頭
如水杯之外不安定的日落，舉起又放下

某個沒有風的時刻，風景試圖停下來
但另一輛火車，如另一種更寬闊的過道
會更快地穿過我們

對面的人看見了我，將《社會契約論》
蓋在被熱氣打開的泡麵上

而雲使我們溫暖，使海水再次跳躍如雨
被承載我們的火車載向反覆的中途

2013.8

海澱教堂

凌晨四點，我離開地下室
白色建築工地，夜正被提升
五月，最後一日。止痛片，紅綠燈
來回穿行兩次
遠處的瓦礫堆，樓群緊閉

如同某種預感，但尚未發生
有人沿天橋，走到對面
白色十字周圍，暗影仍在潰退
我閉上眼睛；階梯
已無法數清

街燈如巨鶴。凌晨四點，沒有雨
我在外面待了一小會兒
但並沒有進去

2013.5.31

對坐

宋曉江，唐山市歡套村人氏，年三十九，排行老大
單身無業，因父母病重還鄉，時因花生成熟，暫住於
田間帳篷中。八月十五日中秋，過唐山，遇宋曉江，與
共宿於花生地。

我們坐下來，在月亮的周圍吃花生
他一邊說話，一邊摘下這雙生的果實
我看他頭髮用秸稈束起，臉和這花生一樣，滿是
泥土。他已在此度過整個季節，（更準確地
說，是整個夜晚）。鬍子在黑夜中變白
他坐下來剝花生，不停地數著花生殼，
在月色中眺望整個花生地，並邀請我進入
這用秸稈搭築的城寨。像是一座盛放
石頭的鏤空瓦甕，或者是宋曉江未嫁的
老婆和妻子，說起他從未說過的波羅的海
的一架鋼琴。風和他的頭髮一樣迅速
而我們在月亮下面，被花生秸稈覆蓋著
如同遠處的玉米，和更遠處的他打工的
三個兄弟，等待著被黃昏的閃電剝開

2012.10

一位圖書管理員的十四行詩

（一）

尚未被清理的周日下午的銀杏
吹向黃昏幽暗又而低矮的圍牆
在通道的盡頭，風中震顫的光
如咳嗽的男人懷揣著他的疾病

沿樓梯下降。不斷伸展的年齡
被晝夜來回翻閱，如一次迷藏
不斷數向三十。已經厭倦燈光
的手，撫按傷疤般熟悉的暗影

下班臨近，他關滅整座圖書館
就像是關滅了一場明亮的火災
他從天橋走入地鐵，探望不遠

的信號燈。他站在城市的後面
如同黑暗中奔走的病人，等待
在轉角走入那座奇異的花卉店

（二）

那些書都已上架。他走出大廳
穿過初冬最後的街道，仍舊有
震顫的音樂在他的身體裡演奏
人很少。他扣緊淺灰色的衣領

事物依次排列，卻又晦暗不清
他合起了戰爭，來回步入虛構
枝椏遮擋路途，時節不斷延後
他探起身子，用不安的枯草聽

初雪冰冷的聲音。閉目的夜晚
倦意順著脈搏而來，像一本書
被陌生而有皺紋的手反覆歸還

又再次借出。他離開了花卉店
花束似暗火，緩行中鬆解拘束
讓延滯的袖口攬入冷卻的冬天

（三）

掌心般的冰場，冰刀來回劃入
他與她背後的黃昏。光在下沉
他們不斷分開，卻又再次碰觸
被彼此的手，推離晦暗的人群

有許多鋒利的冰屑堆積在兩邊
或是被那嬉鬧的孩童的手拋起
在他們耳邊融化，微涼地閃現
有嶄新的快樂滑向他們的心底

而湖邊的柳樹在他緊握的掌心
生出新的紋路，倒影拉回岸上
山丘倒入湖底。燈被哨聲關緊
像一場判決，讓他回過頭尋望

整個湖面忽然翻轉，他感到痛
而冰刀仍然閃爍著，慢慢上升

（四）

他只能去操場跑步，譬如今天
夜色阻隔跑道，他已經習慣於
繞著不存在的中心，不斷停轉
鈕扣掙脫衣袖，喘息催促步履

遠處的球場那邊，撞擊的聲響
正以不同的速度落入他的周圍
如燈光陸續被打開。它們明亮
卻又跌入沉寂。巷道紛紛後退

樓群重回視野，讓昨日的街頭
催生此刻的巷尾。他跑到別處
並再次經過自身。他加速奔走
更多的遠方被摺下，成為迷途

當一切靜止，只有暗影在閃動
來回躒入這暴雨來臨前的天空

（五）

被驚醒的清晨雨後，天色正陰
街道被積水阻隔。他望向遠處
人很少，廢置的建築已經翻新
那些多年以前被砍斫過的樹木

如今又長高了一些。他吃早飯
低頭聽電視裡，洪潦漫過堤壩
某個倖存的男孩用驚怖的雙眼
繞過擁擠的人群，忽然望向他

望向無人的跑道，消退的腫痛
生活，是止疼片不慎滑落在地
讓他抬起頭，在低沉的喧響中
切開拼盤裡層疊的新鮮與奇跡

當雨重新落下，他感到了寒冷
收拾好一切，但折返已不可能

2015

唐吉訶德的戲劇

（一）序幕

是誰在遊蕩的中途用毯子捉弄我們
並將我們拋起，散落在被帷幕分割的
晝夜兩側？又是誰在陰影降下的間歇
從戲劇外俯身，為剛入座的我們關閉
那盞晦暗的吊燈？

當那位舞蹈演員的身體如同指針
同時在戲劇的中心轉動，這些年輕
或者不年輕的觀眾，從座位上向折疊
的佈景裡探起身，想看清那新的時刻
不斷變幻的形象。而配舞演員排列成
相同面孔的天使，不斷聚合或者散開
彷彿就在此刻的周圍，試圖摧毀
我們，同時有另一種聲音從劇場外面
傳來，讓這虛構的座位重新顯現重量

當騎士與那肥胖的隨從在序幕的結尾
匆匆上場，如同兩個衝上舞臺的觀眾

卻又不知所措，只好假裝望向彼此
有人在暗中低聲說話，或是不停拍照
而唐吉訶德退到佈景後面，獨自換裝
只有離席的人群沖洗出我不安的肖像

（二）中場

觀眾再次進場時，伴奏已經開始
舞蹈中止的時候，音樂仍在繼續
演員們成排地圍坐下來，側身背向我們
暫時地扮演觀眾，觀看另一場微型喜劇
此刻，巨大的風車忽然轉動，遊俠騎士
在暴風雨的周圍奔走，衝向這戲中戲

你無法完成自己，只能與一位舞蹈演員
決鬥，讓不真實的劍在撞擊中相互躲閃
連痛苦也是輕盈的。你熟悉所有的動作
卻在無意中聽見，有一種聲音在低沉的
音樂中忽然被拉升到你無法看清的某處

只有毀滅他們，你才能毀滅自己
但更多的時候，你是坐在舞臺的角落裡
與身材臃腫的隨從一起，相互碰觸兩隻
被倒空的酒杯，笨拙地模仿別人的醉態
雨仍未落下，高潮卻過早地來臨
你手持道具，絕望而振奮，像是要跌倒
又像是隨時準備要衝向臺下旁觀的我們

（三）尾聲

是誰扮演著那位在歡愉中跳舞的青年
並用白色紗巾偽裝成遙遠的杜爾西尼亞
是誰在我們中間，用一隻絕望的手引著
我們去揭開這雙重幻象？

當暴雨的聲音最終止息，帆布馬和風景
被匆忙搬走，只有無盡的舞蹈仍在繼續
指標的旋轉，讓黑暗中的我們成為黑夜
的一部分，好像有聲音從過往的喧囂中
傳來，暗示這過於漫長的戲劇終將落幕

那忽然開啟的燈光提醒我們起身，並且
再次相信：有些事情遠未結束，比如帆
與布，風與車。那些沉默的人們，如同
中止的伴奏，無法止息，而永恆的劇院
仍在低沉的黑暗中不斷增加著重量

2014.5

往日的雲霧

北京城

如同一隻野獸尋找它的形狀和目的
北京城藏身於它自身的縫隙中
漫長的地鐵線打成中國結拆開便是清晨
和明季。北京城在它身後不斷將廢墟
倒入酒杯，偶爾背誦長安城（那黃昏般渾濁
的形象）。

如同黑色馬匹在黑暗如草木中散落
而草木如星群。北京城看見煙花在旋轉
瞌睡中想起它南方的兄弟——
同樣沉溺於廢墟（並不斷成為廢墟）的
南京城，正不斷試圖忘記自身多餘的部分
（或者說記下另一部分）。

錯愕中北京城獨自站在北中國
如同一隻野獸，漫無目的和形狀
只有犄角梗著黑夜，以及風景的疤痕

2012.9

夜遊

(一)

從天橋上下來，我們便進入這城市
走過魚尾紋和街頭手風琴，在古舊的仿古建築周圍
我們回望那拾荒的褶皺，正鼓動著幼時的腮腺炎
在洗手間，那些嘔吐的人們
從喉嚨裡掏出鏡中生銹的泡沫，徹夜的噪音
讓中年的酒杯顯得安靜，就這樣被月亮形的沙灘
拍打進隱匿的還鄉曲
在玻璃的反面，胃和變形的呼吸器官，試圖躲避
燈光──這刺耳的囈語。我們體內的房間
如同乾貝殼咀嚼著

我們。空曠的十字路口，乞丐們熟睡如打字機

他們空的碗中，虛擲的硬幣仍在打轉
另一群人走過就像是走過蜷伏的待洗衣物但更高處
便是尋人啟事。空曠的十字路口，建築物
擁擠如猜拳的獨眼巨人。杯盤散落的城市轉盤

被六點鐘的清潔女工收拾乾淨，並擺上新的計價器
和酒精燈

我們從合十的雙手之間逃離出這城市。樹在上升
但不生果實。而我們更加饑餓，也更加容易忽略
這油膩的水灘，滋生出空間和新的彩虹

　（二）

這又是一個失焦的夜晚；十字路口還殘存著
雲的灰燼。此刻我抬著
空的棺木，如同缺席的偽證證人
一棵樺樹，抬著我乾枯的部分，走在
我身體的後面。四月
再次被說出，但與過去的供詞相悖
與生活相對稱的紙鶴，降落在它倒立的影子裡

我調準發條，並與時間對錶；暈眩的鳥群騰空
所寄居的木製巢穴，並飛進晚點的
末班地鐵裡
我站在空的房間之外，交出被再次漂白的聲音

這失憶的喉嚨
如梨子般腫痛；時針撥動著齒輪——
這被自身所齧咬的藍色金屬，試圖讓佇列
契合叢林，讓雲再次烙入夢境如胎記——

這不可能的瞳孔；多餘或偶然的顫音
被靜止的屋頂打磨著，只有樹陰的倒影，仍在空中
上演這潦草的皮影戲

地鐵車站

那時，一棵樹正試圖埋葬
另一棵樹，向內生長的枝葉向我
投擲出往日的雲
那時，地鐵車站正被抬送天空的鳥群佔據
擁擠的人群頓時變得荒蕪而多疑
他們的臉上，有鐵屑般的睡意正在玻璃上
滲漏。有人手持花束，或是讀貝克特

整個五月，我如電線般溫順
窺看枯葉似的身體被天空抬送至
夜晚的高處。在地鐵站裡，我常常被那些
嘰嘰喳喳的初中生擠到
某個中年男子的後面。往日叢生的枝丫
緊緊攢住
遠處下沉的花冠；又或者是
離群的紙鶴，咕咕作響，被謊話再次拆穿

和他們一樣。那些擁擠著前行的年輕人
正試圖放慢耳機裡雲降落的速度
在反方向的傳送帶上面，雨水烏黑而明亮
於是我們搖晃著上升至地面，打理領帶
並熟練地混入新的人群

偷渡

我們醒來之後便去棉花地
如同退潮的水波試圖從清晨拉網到對岸
那麼多的雲被我們摘下並塞進棉布袋裡
有更多的東西同時在我們體內積壓

我們吃碗裡的饅頭
汽車從汽車的記憶旁經過，散落的羊群
在樹底下啃吃影子，草叢就再次返回到
荒涼的棉花地。年幼的我們在午後一起
摘棉花，也被棉桃殼堅硬的手勢所採摘
我們在棉花地裡長高，變沉，再次長高

我們站在洶湧的霧中，將棉花兜裡的雲
倒進水泥袋裡。天黑了，稱完棉花我們
就回到遠處的家中。在冬天我們剝棉桃
母親給我們織新衣服

多年後，我們依然做著白色的夢，夢裡
我看見某個男人用鋼筆在桌前抄寫東西
我就去洗冷水澡，努力搓去身體上太多
墨水的痕跡。這不可能。他說。窗外頭
雪正越下越大

2012

也有人

也有人活到了六十歲
父親說　更多的人在五十歲前死去
更多的人失明　在年齡來臨之前
迫不及待地失去身體　而我在夜裡失眠
閉上眼睛

不會再有一場暴雨　人們只能
被秋天臃腫的天空淹沒自己　不會再有
屬於嘴唇的失明年代　那時候　人們乘坐糧食抵達自身

也有人沒有看見十九歲的白鴿子
父親說　更多的人在剩餘的年代裡
忍受病痛　在剩餘的疼痛裡　愛上
我們唯一的愛人　然而更多的人並沒有父親

還會有更多的雨水和眼睛　可以讓我們哭
還會有巨大的城　讓我們建造或者揮霍愛情和房屋

也有人在夜裡的皮膚上　點燃
一把痛苦的大火　在燈光下炙烤脆弱的骨頭
也有人在黑夜來臨之前

用遲鈍的木頭劈開自己　　最後跌落懸崖
並不留下任何坦白如羊群的呼吸

2011

夜航船

來不及收拾河流和山脈　你只能眺望
你只能低下頭　登上這一條夜航船
駛向新的石頭

夜晚垂落　月亮高張
船舷刺過你未講完的故事　　而匕首
如帆一樣　張開你永不彌合的傷口
在這十一月的入夜　離開父親留給你的
不可破之城

星群雪白　說不出名字　在十二月來臨之前
你還有三次機會　默念：這九月的長夜
你想起眾多的兄弟屍首高懸
於北方的季節　你祈求死

多年以前你曾登高而歌　在北方的化石樹林
然而如今你只能緘默　乘坐弧形的馬匹
涉水而去　將祖先的稻田投擲於一場大火
你闔上：玫瑰之門

為了建造另一座城　你必須忘記所有往日的情人
沿著河流劃開記憶　尋找於河岸奔跑著的
炙熱的青銅

你不能說出：大海──托起神的名字　將捧出心臟
獻祭的魚群　正如這夜航船　摘閃耀於高樹之上的
果核而食的巨鳥

飛過半島上掩面而泣的人群　也飛過我
魚腹中不眠的沉船

2011.11

海南

（四）

拍照。從照片裡取出咳嗽。炙烤遠處
的風景。乘坐逆行的火車，到達海中
的島嶼。敏感的建築拍打眼睛裡的脆弱表面
忽然想起。卻只有椰樹林、火車隧道、太陽和人群

（三）

困倦。波浪在暗自生長，嗅著星星的氣息，
長出牙齒。風醫咬著人們的疲憊和欣喜。在黑暗裡，
只有未建成的建築醒著，窗戶因為故事而更加離奇。
島嶼在拍打海岸，遲遲不肯出航。

（二）

在肯德基觀察一朵荷葉　　蓮花廣場上老鼠
啜飲三十六度的陽光。談論雕塑。
談論風景的不可預測的硬度　　稀落的雨水
和植物偶爾也談論到人類以及愛情，談論那一座空的城

（一）

從北門出去。抵達黑夜的內臟邊緣
今夜的月亮，有故鄉的西瓜的腥味
喝酒或是喝未施粉黛的女人　胃裡游泳的魚
看著丁香花從水泥地裡長出來　劈哩啪啦

2011.7

貓的絕句

一

田地頭的青草和窩在角落的反犬旁
雜亂叢生的陽光捲曲　毛髮撫過

女人溫柔的喉嚨和眼睛　不可預知的
此刻　在心裡摁下一陣貓爪的褐色印記

二

而老虎在撕咬陽光　櫻花已經開了
桃花在丁香花中假裝睡眠

男子走過　白玉蘭便開過了　柵欄
的時候　他正在樹下玩弄一把柔軟的手槍

三

有孩子走過　瞇起眼睛　鬍鬚輕描淡寫
試探一塊被乞丐記起的名字

石頭　從七樓窗戶中　拋了出來
有老鼠手持木魚打坐　並為此唏噓不已

四

有時他也會以八十邁的速度　練習
向一株桃花樹撞去　桃樹　桃樹　面黃肌瘦

灌下半桶水 以免噎死 他頭枕自己的肚子和馬蹄
以一種奇異的姿勢 撞翻了一群食物

五

她優雅地走過一群老鼠　和廢棄的油桶
在一個空的房間裡　停下來　在另一個房間裡
拾起腳印和零散的毛髮　在一塊碎的鏡片中
她看到一隻貓和無數隻貓　並為此大哭了一場

六

譬如在夜裡　她夢到一頭豹子看見一隻老鼠
在啃食自己的皮肉　而她在啃食泥土

但城門不開　可憐比沉默還嘴硬
物價這麼貴　便有石頭從花蕊中落下來

2011.7.16

春秋手記

（一）

月亮
在一棵遠離森林的樹中
被一根枝椏折斷的聲音喚醒
銜星星的貓頭鷹飛過黃昏
張開閃電，撞擊左耳的懸崖

月亮　燒巨大的戰船
如同暴風雨，切割它體內的狼群
失明，從野獸的眼睛裡開始俯衝
手指的碼頭。不安的船隻撐起白帆
礁石依舊在等：那第七日的失眠

（二）

如同暴風雨
你刻自己的骨頭和臟器，寄給寄居者
告訴造物的人，你的新名字。你在這裡的
不忍吃掉的梨。飼育一條冰冷的蛇
向我大聲讀出那喑啞的甲骨文

用肋骨拼湊出女人。燒我眾多的姓氏
用星宿叢生的青銅器，熬製那唯一的詞。
當你醒來，或者閉上眼睛，你會看到
那在古老的象形圖案中，掙扎的巨鳥。

（三）

到對岸去，乘坐木屐叩打隔岸的花朵
你夢中的木頭入口即化，寂靜何時打馬歸來
我幼小的巨石暗啞，像掘路的孩子

用你的下弦月澆灌我，天空沒有雲
用更不可及的果實澆灌我，我的酒杯空空
你的枝頭羅衾冰冷，落滿梨花

（四）

晚霞散落，遂驚起喜鵲紛舞
日子就要來臨，我手握凌亂的玻璃珠
就像手握精緻的葡萄

仰望天空中的頭痛如靜謐的河流湧動
萬能的鎖就是萬能的鑰匙，而你
是枯坐琴台的金屬，閃電般劃過果園
空曠的房屋裡，秋天正試圖從一顆
獨處的蘋果中掙脫出來，她本屬於月亮
正如私語本屬於嘴唇

（五）

吞吃月亮的空房子，也咀嚼瘦弱的燭臺
同樣兇猛的郵筒，也咽下收信者的名字
清晨郵遞員徒步而來，帶著遠處的山川和雲朵
販賣故事的人，也偶爾被故事咀嚼半生

吞吃河流的空房子，也會因為拋錨聲而哽咽
她坐在梨花樹下，讀這首《春秋手記》
皺紋因為門外陌生的馬蹄而波瀾不已

（六）

誰在垂釣一盞燈
樹燃燒著，魚群吞咽燈芯
吐出石頭，以及銀白色倒影的河流
鏡子吹起波紋，照出

旋轉的年輪
吞咽斧頭。你持一尾鯉魚
從鏡中的河流走來，走過另一條河流
打開：魚腹中的雲

（七）

那攜碎石於空中懸浮的風
那耳中的帆收緊：騰空的空間
你的腳印映照於碗中
喝下
這無聲的讀心術

那奔流的馬匹變換出
逆行的河岸　那牙齒碎落成泥
草木獨嘯於未癒的弓月
是玫瑰之上
輕彈的露水　手指抖落了昨日

2011

回鄉

（一）

被再次騰空的夏日夜晚，雨聲和雲一起迸碎而下。
河水卻沿著樹幹攀援，直到去年的枝椏被托舉並朝向更高處的風景。
沒有雨的時候，雲比往日更輕，從山的背面流到還鄉者的眼前。
果實被提著向下，金蟬卻如雲底的枯草向著火一般的回音上升。

我在屋頂上醒過來。積雨雲在螢幕裡不動。水龍頭鬆了一些。
更遠處，包穀葉不斷捲縮如加速枯萎的蘑菇

（二）

夜晚的幕前，太陽在樹林裡打著燈，尋找上次的落日，遺落在草叢中的
去年的草叢，很快就可以覆蓋那緩慢的鴿子。我卻從未得知
它們最後在何處脫下輸液瓶般的身體，嵌入被再次固定的相框。
此刻：煙的微顫，彷彿某次固執的胃痛

人們說雨水會從山上漫下來，夾雜著偶然的硬物；而有些東西依舊
敏感而迅速，如這金蟬贈給我的空殼，快要弄碎那時終未說出的小願望

（三）

在不斷坍塌的事物前，視野試圖變得開闊，但植物會將它上提到
比往日更危險的高度。樹已結瘤，雲顯得遲疑。少年從低垂的樹幹跳入
這被陌生人所想像的庭院。

熟悉的事物仍在湧現，他試圖退到原來的位置，但疲憊容易讓人驚醒
他看著那被打濕並拆解的苦瓜：雨水再次來臨，棗子片刻間彈離地面
磚瓦重新歸於泥土

2013

鄉間葬禮

那些桌椅從房間裡抬出來，置於
青草漫過相框的院中
牆頭槐樹的影子，推開被距離
反鎖的視線，碗筷與雲
迅速排開。盤碟從前廳與側門的
回憶之間端來
虛晃的裂紋，葉落的回聲就開始
拼搶盤中過多的寂靜

當紙疊的傢俱抬入四月末的空地
最後遲緩的景象也開始腐壞
樹與樹的佇列在朝向結尾的
底片上，不斷快退
那些土地恢復平坦，房屋變得清晰
落日從窗臺前升起

而這時，清晨的冷水浴再一次
迅速地將這些景象從他身上沖去了

2013

年關

冷風中的樹木如同喝醉的魚骨
卡住通往腸胃的道路
而我正擦拭凌亂的玻璃桌
然後劈開一些文字，並且點燃
翻炒另一些文字。我點出火光
與陰影十指相並。我們重逢

我祈禱，好像身影。有人在嘮叨著
向鍋裡放入鹽。我閉上眼睛
但客人看著我。有人聽見
饑餓的牙齒啃食水果
的傷口。我還在用文字擦拭
桌子，並且點燃一枚硬幣
有人在咳嗽著，緊緊咬住紙煙

我用斧頭敲打的煤塊，也許
曾經是一塊骨頭。我聽見親戚
偶爾談論姥爺的支氣管炎

可是沸騰的水已經把魚燙傷
盤子裡的瓜子正嗑著堅硬的閒話

爛醉的啤酒瓶紛紛倒在一邊
灰色的貓跌落在灰燼裡
彷彿奔馬，而四周塵土飛揚

流亡的村莊

如果想起十年前的大旱，請不要
回頭看。如果自行車突然
跌倒在路旁，請不要發出聲音
田地裡的鋤頭仍然彎著身子，吞吃雜草
有人哭出聲來

不要到水邊去。有人突然跌落在井中
有流星，擊中燈光和渾濁的眼睛
多年前，父親死去的夜晚，同樣只有鋤頭
他們都老了，兒子還來不及長大

雪在夜裡拜訪村莊。他在另一個地方
等待有一天，回到不存在的家裡
滿是皺紋，看著相框裡，抽搐的照片。

他要蓋房子。跨過門欄，便想起父親
想起多年前，他看著那位陌生的新娘
在寂靜的晚上，終於揭下那塊殘忍的蓋頭

2011

評論
離鄉史
——讀蘇畫天詩集《降落的時刻》

文｜蘇晗

（一）

　　上世紀二十年代以來，北京，這個日趨龐大的舊皇城，作為文化運動的陣地，逐漸成為一個複雜的寫作空間：一代代青年人在這裡聚集，年齡獨有的憂懼、敏感因生活的波動轉移被迅速放大；北京的錯綜變化，牽連著孤獨躁動的生活史，將一切新鮮的、衰頹的現代經驗組裝進年輕的頭腦。在北京，青年作家不自覺地卷入本國歷史的興替之中。1949年，初為人師的卞之琳談及早年在北大外文系求學的場景，仍記憶猶新：「北京大學民主廣場北邊一部分以及灰樓那一帶當時是松公府的一片斷垣廢井。那時候在課餘或從文學院圖書館閱讀室中出來，在紅樓上，從北窗瞥見那個景色，我總會起一種惘然的無可奈何的感覺。」彼時的新詩人還無法將所閱讀的西方現代主義詩歌與「中國封建社會的衰亡感」相匹配，卻在心緒與物華的感應之間，懵懂產生「我想寫詩」的念頭。[1]這種惘惘的情緒，實為三十年代許多

---

[1]　卞之琳〈開講英國詩想到的一些體驗〉，〈人與詩：憶舊說新〉，安徽教育出版社，2007年4月，P258。

校園詩人所共享：他們將敏感的自我隱藏在遊離的觀察者位置，「無
可奈何」之中實則寄托著荒渺的期待。

　　拋卻事後的讀史觀感，對於每一個生活在「當代」的作者，歷史
卻總是以「過渡」的形態呈現，總是要面對「前路還沒出現，身後已
經隱沒」（馬雁）的困境。正由於這種普遍的、短暫而孤立的時間感
覺，一代人不得不擱置既有的規範，在人與勢的搏鬥中，確立起新的
語言姿態。我想，卞之琳所追憶的「衰亡感」，也是一種不可言明的
自我意識：與其說來自清晰理性的社會分析，不如說是詩人在世運推
移之間，對自身寫作位置的直覺性把握。

　　追溯這一段老舊歷史，是想強調，每位詩人的寫作必定有著絕對
個體化、肉身化的經驗因素，不可化約在代際性的「詩潮」當中。同
樣就讀於外文系、在學院氛圍中開始寫作的青年詩人蘇晝天，在創作
初始即領受了大量西方現代主義詩歌的資源——這也被視為90後詩人
的主要特徵。他如何將知識與技巧，轉化為獨具個性的表達？需要我
們對詩歌文本做一番考古的觀察。

　　布羅茨基（Joseph Brodsky）曾感慨：「詩人是一個工具和一個
人類在一個人身上的綜合體，前者逐漸接管後者。這接管的感覺，
造就了音質；這接管的實現，則造就了命運。」[2]布氏所說的「命
運」，近乎卞之琳之「衰亡感」。它起於詩人對於世界最初始的疑
問，將持續地追問詩人，為何寫詩？寫什麼樣的詩？我將蘇晝天詩歌
中的這一主題總結為「離鄉」：「家鄉」在他不同階段的作品中反覆
出現，它構成寫作的起點，也成為文本中不可磨滅的胎印。

　　讀他2011－2012年的一些詩作，會發現其後寫作中少見的，一種
急促、硬朗的音質：

---

[2]　【美】約瑟夫・布羅茨基《詩人與散文》，《小於一》，黃燦然譯，浙江
　　文藝出版社，2014年，P155。

　　如果想起十年前的大旱，請不要
　　回頭看。如果自行車突然
　　跌倒在路旁，請不要發出聲音
　　田地裡的鋤頭仍然彎著身子，吞吃雜草
　　有人哭出聲來。

——〈流亡的村莊〉

　　現代文學史上，僑寓城市的青年人書寫鄉土經驗，已成為一個經典的母題。由眷戀發展為哀憐，將自身的漂泊感歸併入時代的啟蒙話語，其實是一個較為安全的言說姿態。相對而言，蘇畫天以如此堅硬、決絕的姿態「離棄」鄉土，是危險的，帶著點小孩子氣。換句話說，「離鄉」構成了他詩歌的起點，迫使他從既有的經驗中出走，找尋自己的抒情位置。在〈流亡的村莊〉、〈回鄉〉、〈鄉間葬禮〉等詩中，蘇畫天將鄉村記憶處理為帶有魔幻色彩的鏡像，通過密集的修辭逼問它，「書寫」——取代了「經驗」——成為詩人確立自我的基石：

　　多年後，我們依然做著白色的夢，夢裡
　　我看見某個男人用鋼筆在桌前抄寫東西
　　我就去洗冷水澡，努力搓去身體上太多
　　墨水的痕跡。這不可能。他說。窗外頭
　　雪正越下越大

——〈偷渡〉

　　抄寫東西的男人，可視為詩人「我」的疊影；多年前、有關鄉村

的記憶被文本化（「墨水的痕跡」），成為「我」意圖抹去、卻注定永遠留存的胎記。我們很難在這些詩中發現標誌性的地域因素（譬如地方風物、方言）；家鄉也不是海德格爾所期望的、詩意棲居的澄明地帶。相反，它混沌而渺茫，僅由一些散失的印象構成。值得注意的是，相較蘇畫天之後的詩歌，這批詩中的「自我」更為外露、更加抒情化：他迫切地想從夢魘般的印象中逃脫，卻因此膠著在那些無法拭去的「墨水的痕跡」中。

　　〈對坐〉是我很喜歡的一首詩。「我」與「他」如手中「雙生的果實」，彼此牽繫卻無法共居於「秸稈搭築的城寨」──這或許也是詩人與鄉土的關係：故鄉是一個近乎虛構的幽居之所，是想像力的反應堆。「他」反覆剝花生的動作讓我想到〈百年孤獨〉裡，製作小金魚的奧雷里亞諾上校：「他」是靜止的、自我纏繞的，和詩人一樣，「等待著被黃昏的閃電剝開」，解開自身的謎團。

　　在一份黑歷史般的自述中，作者稱文字為「另一種聲音器官」。同時期的這批詩歌裡，「書寫」的動作亦反覆出現──被強調，彷彿解放的出口。〈對坐〉通過一個完整的敘事，使記憶的文本化最終完成──這正是離鄉的書寫者所習得的「偷渡」之術。

（二）

　　從〈對坐〉一詩，詩人的風格已慢慢成型：以客觀化的姿態與觀察對象拉開距離，將自我埋藏在沉穩的、具有相當密度的敘寫當中。這或許源於對現代主義詩歌倫理的模仿與恪守，但也有其轉化的內在肌理。

　　通常來講，自我意識來源於經驗：我們總是被記憶，被各種人事、氣味、溫度所塑造；故鄉是永遠的烏托邦，是我之為「我」的起

點。離開故鄉，不僅是生活地點的轉換，也意味著主體重新定義自身——從新的自我出發，反觀家園，才是「離鄉」正式的開端。蘇畫天的詩歌同樣展現出這一過程：詩人在城市中遊蕩，透過城市之眼尋回自我。由西方現代主義詩歌習得的客觀化手段，成為蘇畫天觀察世界的基本角度：抒情「我」被放置在戲劇的幕布背後，觀察並導演著臺上的劇情，卻只在謝幕時朝觀眾席投去匆匆一瞥。

> 　　一切都在下墜，我們被拋向
> 最後的高潮，這被鏡子所複製的角色
> 將要走出城去，只有投空的武器和重現
> 的往事。此刻我和你相擁著痛哭自己
> 卻只能被從瞌睡中趕來的導演連忙喊停
>
> 　　　　　　　　　　　　——〈臨時演員〉

> 雨仍未落下，高潮卻過早地來臨
> 你手持道具，絕望而振奮，像是要跌倒
> 又像是隨時準備要沖向臺下旁觀的我們
>
> 　　　　　　　　　——〈唐吉訶德的戲劇・中場〉

　　戲劇中的表演者遊移在故事與觀眾之間，總是「跌倒」、被喊停——在「演砸」的瞬間顯出一些羞赧。按照舍勒（Max Scheler）的解釋，「羞感」產生於超越性的精神本質與動物般的、深受局限的身體之間的失衡。人在深處感到並知道自己是介於兩種存在秩序和本質秩序之間的一道「橋梁」，一種「過渡」，一旦從超越性的高度回轉向自己曖昧的身體，便會產生「羞感」。他結論道：「羞感」的出

現與生命的個體化程度有關。[3]在蘇畫天的詩中，演砸的戲劇使他脫開虛構劇本（同時脫開相當密集的修辭之林），反觀自身。因此，他筆下的劇中人始終無法擺脫現實，始終在虛構與真實之間猶疑著。或許，這些安置在邊緣地帶的多重「面具」，只是作者為克服羞怯的本性而設置的帷幕？──而作者，似乎也同坐在觀眾席上，等待認領這個真實的自己。

　　戲劇化的反諷不僅沒能取消實在的自我，使詩歌在遊戲般的愉悅中騰空起來，反而成為沉墜的重力，令自我的面孔不斷增加、思辨化。這也是蘇畫天詩歌給我的第一印象：沉靜、遲重，在人群中行走，卻不被人輕易察覺：

> 那些沉默的人們，如同
> 中止的伴奏，無法止息，而永恆的劇院
> 仍在低沉的黑暗中不斷增加著重量
> 　　　　　　　　　　──〈唐吉訶德的戲劇‧尾聲〉

　　巴什拉（Gaston Bachelard）將寫作者區分為「迎浪遊水者」和「迎風行走者」。前者是早熟的英雄，熱衷於征服陌生的他者；而後者，則往往是「偉大的羞怯者」，因為「在山上迎風行走，是最有助於克服臍下情結的活動」。[4]他們將群體吸收到自己的孤獨之中，在風中與自我抗衡，進而更新自我、探詢人的本質。蘇畫天的戲劇展示了他與人群的交往之道：訴諸觀察而非語言，訴諸同情而非爭辯。

3　【德】舍勒〈論害羞與羞感〉，《舍勒選集》，上海三聯書店，1999年，
　　P533－534。
4　【法】加斯東‧巴什拉《水與夢：論物質的想像》，河南大學出版社，
　　2017年1月，P268－270。

「他人」成為詩人的一部分（正如戲劇內外的面具），成為他理解自己的入口。

　　徐鉞觀察到，對於蘇畫天，「見證者是其見證的一個部分。……——當主體在見證都市中人群的面具之後，給自己也『熟練地』戴上了面具，不動聲色。」[5]蘇畫天大量使用「我」與「他」的人稱：「他」既是人群中的任意一個，也是詩人「在奔走的間歇轉過頭來」（〈家庭教師〉）所看見的自己。由此，我們發現其詩歌中獨特的倫理關係：詩人與他者「他們不斷分開，卻又再次碰觸」（〈一個圖書管理員的十四行詩〉）；他人的經歷進入「我」，塑造「我」，使「我」變得更像人群中的一員，更像這城市的一部分。

　　因漂泊而產生同情——只有放在「離鄉」的背景中，才能得到更好的理解。經典的現代主義詩學將大都市中的個人定義為遊蕩者。蘇畫天的北京城同樣重疊著波德萊爾（Baudelaire）的影像：將人群視為孤獨的收容地，在無窮的震驚中體會人與人瞬逝的聯結……然而，蘇畫天似乎更願意將陌生人理解為跟他一樣、不斷尋找巢穴的「離鄉者」（大概，這也是在北京求學、工作的青年人，普遍的困境與展望），甚至將一些美好、輕盈的希冀寄托於他人：

> 霧更加黏稠，我們在白色的河岸眺望，鳥群飛過
> 我們的倒影向著水的更深處散去。此時一張沙發
> 出現在視線的中間，讓我坐到我最後醒來的時刻
>
> 我穿好衣服，關閉那個還未響的鬧鐘，然後下樓
> 你醒以後就去學校。新洗衣機震動的下午，拐角

---

[5]　徐鉞〈面具的面孔〉，《詩刊》2014年第4期，P8－10。

　　的對面，搬東西的那個男人停住，並親了她一下

　　　　　　　　　　　　　　　　　　　　　　　——〈拐角〉

　　這首詩的結尾是動人的：將飛未飛之際，青年人的雀躍、期待，在綿密的日常瑣碎之中微微閃光。然而，這一點喜悅投射到詩人身上，卻「映照出此刻的我們與他們是不一樣的，『我們』已經被生活摩擦而變得鈍了，甚至我們之間也只是沉默，甚至沒有心思做我們愛做的事。而他們正處於一種狀態的起點……」[6]詩人跳脫了既有的場景，成為一個遙遠的旁觀者，他無意於增加或放大這一點喜悅，只是在邊緣處等待著，等待那澄明的一刻也向他展開。

（三）

　　在詩集的同題詩《降落的時刻》中，詩人再次回到他成長的邊境城市。將這些詩——還包括〈邊界地帶〉、〈烏魯木齊〉（三首）與他2011-2012年的詩作對比，會發現很大的不同：故鄉變得更加具體、明確，與詩人居住的北京相對稱。或許，這也意味著都市已經成為詩人新的觀察位置——只有等到新的自我、新的經驗主體確立，離鄉者才可能返回故鄉，重新組織那些斷續的、非意願性的生命記憶。這時，故鄉與北京一樣，變成了某種邊境「風景」。因此，在「離開／返回」的邊界地帶，詩人對家鄉的敘述藏有一種絕對的警覺：

　　　　但不斷升高的疲憊帶來一種舒適感
　　　　讓我們很快地各自睡去，並從手機

6　蘇畫天〈我已經身分兩處——一首詩的注解〉，微信公眾號「拾貳味」，
　　2014年5月12日 https://mp.weixin.qq.com/s/46DZ6RXnWPSDBpm2wD3ydw

　　那無休止的震動中夢出了防空警報

——〈烏魯木齊〉

　　飛機開始降低高度，一個孩子哭出聲來
　　有人連忙側身往窗外看。看那裡，整座城市
　　像是燒焦了一樣，熾熱的星星正從灰爐中
　　緩緩升起

——〈降落的時刻〉

　　總體上說，蘇畫天並非一個恣肆的抒情者，但他著迷於一些夢幻般的超現實形象，將抒情主體寄托其中。根據安德烈‧布勒東（André Breton）的說法，從現實場景中挖掘出這些痙攣的、夢幻的奧秘，就像蜘蛛「從聖母手中的線一下子跳到蜘蛛網」，跳到最為優雅、閃光的世界中。」[7]——這是詩之於現實的虛構權力。而蘇畫天的警覺並非對經驗現實的不信任，而是來自於對生活及自我的不確定感，無法在人群中辨認自己。因此，他書寫的夢幻是經驗的「脫位」，是短暫的逃避與否定，而非如超現實主義那般，深信在經驗的高處有一個更具說服力的「真理」。蘇畫天的詩歌通過相當嚴謹、節制的形式，將自我的聲音小心埋藏起來，個人生活在其中稍一閃現，便被相對化，成為某個倏忽急逝的配角。

　　對於「返鄉者」，故鄉意味著善好的烏托邦；相反，「離鄉者」在邊緣處探觸到故鄉，則早已失去它的黏合性質：它分裂為現存的「風景」與破碎的記憶。盡管如此，當他從高處、從狹小而顛簸的飛機上打量這座城市，仍然在鄉人之間找到一些共通的體驗：「這是時

---

[7]　【法】安德烈‧布勒東《娜嘉》，董強譯，上海人民出版社，2009年，P37。

間互相抵消的時刻。我們像往常一樣／讀過期的雜志，在狹窄的角落，與某個／陌生人一起站著」（〈降落的時刻〉）。到詩歌的末尾，「我」混入「他人」之中：那些「灰燼」、「熾熱的星星」，與人群的目光交融起來，成為一種普遍的、卻相當感性的時代觀察——能這樣理解嗎？面對無可返回的故鄉，「我」與鄰人在暫時的幻境中抵達統一。

　　共通體的形成不依賴於地緣或經驗，而恰恰源於「家園」的喪失與不可復得。換句話說，城市中的遊蕩者失去了返鄉的可能性，卻因各自的漂泊屬性，構成一個無須言明即已心領神會的團體。按照布朗肖（Maurice Blanchot）的理解，因「不充分性（insuffisance）」原則，個體只有朝向他者、在他者的質疑中，才能意識到自身其實是一個分離的主體。這種共通體的前提是共通體的缺席，也就是說，原有的、具有黏合力的共通體理念已經不再可能，個體需要把自身外露給他者，其目的「是通過在他者身上分享自身，讓自身遭受質疑（也就是，通過另一方式得以陳述，甚至根據內在的否認來取消自己），而對於自身進行反思。」在僭越自身的過程中，所達到的幻覺、迷狂，才是那種不可言明的默契。」[8]

　　當詩人處理身體化的親密關係時，這種共通體的特徵將進一步顯露：

　　　　在奔跑中不斷墜落，承受去年的雨水
　　　　在過多的黑暗中我們試圖剝開對方的
　　　　緩慢的清晨，如同兩顆無形狀的球體
　　　　被投擲與欣喜又絕望的半空中。隱喻

---

[8]　【法】莫里斯・布朗肖《不可言明的共通體》，夏可君、尉光吉譯，重慶大學出版社，2016年，P30–31。

　　變得黏稠，等待著被生活再次清洗

　　　　　　　　　　　　　　　　——〈戀人的夜晚〉

　　在這一「戀人系列」中，戀人與「我」構成了彼此錯位的他者。經由對方的視線，「我」探勘著變動中的自我與世界。這些短暫的連接，卻無改於現代人孤獨的本質：「我們」被投向不可見的黑暗。蘇畫天筆下的「他人」無一例外是身分兩地的漂泊客：彼此孤立，卻在虛構的書寫之樂中，成為一組團結的群像。詩人仍行走在他們當中，通過這些模糊而黯淡的表情，定位、表達此時此地的自己——儘管在身份的交互中，變動的人群將持續地命令他調整、甚至放棄既已熟悉的形象。

　　　　　　　　　　　　　　　　　　　　　　　2018.8.15

評論
面具的面孔
——讀蘇畫天〈地鐵車站〉、〈偷渡〉及其他

文／徐鉞（XY）

　　「筆名」，這個詞對於詩人而言，並非僅僅如其所示：作為落筆時的署名。有時候，它會比詩人自身所攜帶的眾多證件上的名字更為真實，更為具體，具有更讓人信服的觸感和溫度。造成這一情況的原因或許繁多複雜，但最根本的一點卻非常明晰——讀者更容易、也更願意接觸並接受那個浮現在文本中的面孔，而非將其視為面具，視作日常生活之外的偽裝。甚至在某些極端的情況下，人們會將認知倒轉過來：那個用以簽署文件及支票的名字，才更像是面具，戴在作者的臉上。

　　需要解釋的是，此刻我並非試圖討論「蘇畫天」這個筆名所可能包含的意味，因為說到底，它並沒有布羅茨基所論述的「安娜·阿赫瑪托娃」那樣值得注意的「聽覺上的必然性」，「蘇畫天」這個名字也從未真正地被用於「簽署信件和法律文件」（見布羅茨基〈哀泣的繆斯〉）。我想說明並僅僅能說明的是，在這個以蘇畫天自名的詩人那裡，那被書寫的面具，那文本中變換的自我（而非日常生活的自我），恰是見證真實的一種面孔。

　　典型的例子是，在我的閱讀經驗中，極少有能像〈地鐵車站〉這樣處理個體與群體的詩作。具體來說，在這個常見的詩歌場景中，見

證者「我」之外的「他們」是沒有面目的，是群體的匿名：「他們的臉上，有鐵屑般的睡意正在玻璃上／滲露。有人手持花束，或是讀貝克特」；而同時，地鐵車站中的『我』也因為「溫順」及被外力的不斷推送而缺少面目的具體性，直至最後：

> 我們搖晃著上升至地面，打理領帶
> 並熟練地混入新的人群

　　這是整首詩的最後一句話。在這句話之前，從未出現過「我們」這個詞，只有作為主體的「我」。這個在地鐵車站中以單數姿態觀察「他們」面目的見證者，在最後以複數的姿態離開，並「混入新的人群」；「我」成為了「他們」中的一個，成為「我們」。這並非主體的失敗，而恰恰說明了一個事實：見證者是其見證的一個部分。事實上，沒有任何明晰的反諷會比此更為有力，——當主體在見證都市中人群的面具之後，給自己也「熟練地」戴上面具，不動聲色。

　　那面具是真的嗎？或者，那面具下的面孔是真的嗎？

　　從未有任何一個時代曾經歷資本主義現代性所帶來的那種震顫：在火車上，人們面對面看著，可能長達幾個小時，卻始終陌生，不發一言。而在今天，這種感覺更多地被轉瞬即逝的更多陌生所替代了，當身旁的陌生被不斷替換時，陌生便不再讓人驚異，甚至使人略顯安全——任何人都是構成他者陌生的一部分。在今天，詩人會在指認他者的面具時露出自己毫不驚異的臉，走向人群和自我的內部，並被人群誤會：他帶著一樣的面具。

　　在諸如〈地鐵車站〉、〈夜遊，或挽歌〉這樣的作品之中，蘇畫天所書寫的主體不只是那辨認陌生的遊蕩者，同時也是從自我內部發現陌生的失語者和缺席者：「此刻我抬著／空的棺木，如同缺席的偽證

證人」，「末班地鐵裡／我站在空的房間之外，交出被再次漂白的聲音」……這時周邊的「十字路口」、「乞丐」、「擁擠如猜拳的獨眼巨人」般的「建築物」就構成了一種反向的觀察和見證，看主體自身如何走在詞與物中，如何以並不驚人的面目穿過那些習以為常的震驚。

另一方面，蘇畫天詩中的自我似乎從來都不是一個強力的抒情主體，他並不對熱烈的抒發抱有濃厚的興趣，儘管細心的讀者總是能從他相對平穩的姿態中看到更多。遺憾的是，其作品所達到的厚度和深度往往會因此而被忽視，匆匆掠過的人會覺得，他的聲音太輕了，也太冷靜。

真誠，當導師們以不容置疑的口氣對他們的詩歌學童說出這個詞時，往往是在教導另一些東西：眷戀、真善、苦難……令人感動。事實上，我在今天所讀到的許多青年詩人的作品，特別是那些來自鄉村的的青年詩人的作品，也很好地復述了它們。而蘇畫天似乎並沒學到這些，或許他沒有遇到一個足夠不容置疑的導師。當他書寫那處在遙遠邊疆的故鄉，寫那裡的人和棉花地時，他所作的是〈回鄉偶書〉、〈偷渡〉和〈鄉間葬禮〉，這些面目「堅硬」的作品：

> 有時候我也會在棉花中醒來
> 看見某個男人手拿鋼筆在桌前抄寫東西
> 此刻我看著他的背影，不想醒來。
> 我就去洗冷水澡，努力搓去身體上太多
> 墨水的痕跡。這不可能。他說。窗外頭
> 雪正越下越大

　　　　　　　　　　　　　　　　——〈偷渡〉

　　沒有人回答：他是誰。「墨水的痕跡」來源於書寫，這書寫既屬於那個手拿鋼筆的男人，也屬於寫作這首詩的詩人，但最終，那痕跡滯留在詩中摘棉花、剝棉桃的「我」身上，像一塊胎記般無法洗去。此時日常的經歷被濃縮了，言辭似乎進入棉花和自我的內部，而無法說出的東西像悖論式的「醒來」與「不想醒來」的交疊，成為一個「他」未知的身份；墨水黑色的痕跡留在自己身上，而白正在窗外隨時間和空間一同落入大地。——這才是最為真誠的真實。

　　必須承認，蘇畫天詩歌的影響譜系較為明顯，他大量吸收了西方現代主義以來的養分，經典作品的沉穩節奏（這似乎是他所的熱愛的），以及某些漢語詩人獨特的語言氣質，對這些影響的吸取和獨特轉化讓其表達的「厚度」超過了大部分同齡的寫作者，也讓他過早面對了偉大詩歌所提出的難度。有時候，蘇畫天的修辭會顯得過於「茂盛」，以致壓迫到核心結構的穩定，如他近來所作的〈圓明園〉和〈那結日達〉，如〈鄉間葬禮〉中眾多的物象和那個最後顯現的「他」。但我也必須承認，這一切都構成了蘇畫天詩歌的獨特特徵，讓他的主體處在一個讓人無法辨別的、似乎洞悉一切卻又保持安靜的位置。這有些像是以一片葉子的角度來觀察自身所生長的樹木，或是以一顆棉桃的緘默，來認知那在自身周邊纏繞的複雜。這種貌似「堅硬」的面目以及對面目之外的層疊修辭（偶爾會出現另一個作為對偶的「你」或「他」）會讓人疑惑：他在書寫帶著面具的人和世界？也可能，他書寫中的「我」自身就帶著不斷變換的面具——而那恰也是他的臉孔？

　　而在那些書寫細微的私人情感的作品中，蘇畫天的主體「我」則在不苟言笑的面目之外顯露了更多的。例如在近期所作〈戀人的清晨〉、〈戀人的夜晚〉、〈戀人的黃昏〉這一個系列（我認為它們確實是一個系列，儘管作者從未如此言說）中，詩人用一種低飛與沉潛

並置的語言書寫了日常中細小的震顫：「我說我如雲杉熱愛水杉／那樣愛你，想要和你一起／練習射擊直到變老，卻在鬆開／的剎那怎麼也想不起你的名字」（〈戀人的清晨〉）。我覺得，這種寫作與琥珀有著類似的構成，其飛翔的可能性始終被包裹在濃稠的外在之中，微小，而固執，僅以一個瞬間的姿態袒露封存的長久。

　　廢置的洗衣機，依然在發著轟鳴聲
　　某種東西即將結束，最後我們乘坐
　　地鐵去南站，和他們一樣，低著頭

　　走過北廣場。你進入剪票口並向我
　　招手告別，狹窄的自動門，只允許
　　一人通行。我背對你，想要轉過身

　　但沒有回頭，像是一個終於上場的
　　角鬥士，面對遠處毫無生氣的日落
　　等候著自己──那最終的失敗

　　　　　　　　　　　　　　──〈戀人的黃昏〉

　　蘇畫天的「我」從來不是一個詩歌中的英雄，也從不是使者，或偉大的情人。他始終將主體放置在某個真實與虛構臨界的位置，比「他們」多一步，又審慎地停住；他像一個永遠面無表情的假面舞者，拒絕「是」與「不是」的語法，也拒絕輕易地感動；直到最後，人們費力地發現，那個曾一同「低著頭走過北廣場」的人，因為和我們的面目不同，因為「沒有回頭」，而被誤解。

　　他帶著面具嗎？或者，那些看著「角鬥士」背影的人帶著嗎？

　　我記得2010年的秋天，那是我第一次見到蘇晝天──儘管當時他還並沒有這個略顯女性化的筆名。我記得那個年輕人，坐在北京大學一間會議室的角落裡，略顯木訥；當他準備說話，甚至僅僅是抬起眼瞼時，都似乎是在進入某個瞬間的自己。我記得，他後來在一首詩中寫到的「臨時演員」：穿著笨重的戰服，準備登臺，迎戰那捷足的阿基里斯，即便真實那困倦的導演正準備喊停。

2013.12.10-11

跋
在帷幕的背面

文｜蘇畫天

（一）

　　上小學的時候，我們全家從河南遷到了新疆，住在某兵團團場旁邊的連隊裡。每天走路去上學，或是趕集，經常會碰到一個穿著軍綠色制服的老年男子。這個人總是唱著歌，或是念著我們當時還聽不懂的詞彙，無論是酷暑或者嚴寒，都精神矍鑠，用粉筆在團場某個高壓電線旁邊的牆上很認真地寫下一些高亢的宣傳標語。

　　那種停滯的狀態我後來再也沒有遇到過。或許是因為我所在的團場過於偏遠，一切都比內地落了半拍。在那裡，人民公社的組織形式依舊在局部地區存在，另一些碎片殘留在人的記憶和意識中，彷彿經歷了猛烈又輕緩的沖刷。

　　就像是我在某個以日化用品造假基地聞名的河北村莊裡看到的那樣，開放二胎的變化早已來臨，計劃生育政策的話語卻還殘存在頹敗的宣傳牆上。不變的是塵土裡的欲望。人們忙著生與死，儘管技術的變革重塑著人與人之間的聯結。伴隨著年紀的增長，展現在面前的卻是越來越多不變的東西，這與現代進步的敘述可能截然相反。

　　當過去的歷史不斷重訪我們的夢境，當下的現實又往往以事件的形式出現在我們的周圍，自我和時間不斷分裂。僅僅是幾年之間，同

輩的青年走入社會，迅速經歷著各自的悲歡，曾經高亢的呼喊轉入沉悶的低語，一度清晰的生活景觀開始被迷霧所籠罩，甚至不是一隻巨大的怪獸站在我們面前，更像是無所不在的空氣，我們無法與之搏鬥，只能找到更徹底的方式，才能確立自己的位置。

　　或許正因如此，賈樟柯電影裡的一些爆破鏡頭才顯得那樣讓人印象深刻，在內在的壓抑與外化的釋放之間，是自我的表達衝動不斷尋求著更有效的形式。與電影相比，詩歌同樣依託於拼合與節奏，對於我而言，還要加上一種格外的戲劇結構，用以放置那些瞬間的情緒。每一次寫作，都像是長跑運動員的短跑訓練。

（二）

　　這條路最終將通向何處，很難找到答案。甚至它的起點也記不清了。寫下的第一行字是出於什麼目的？也許是初一某個寒冷的冬日，獨自走在放學或者上學的中途，迴異的風景引發了最初的好奇。也可能是初三某個炎熱的暑假，在葡萄園和西瓜地獨自看守的間隙，奇特的景象產生了記錄的衝動。還有可能是高中時的煩悶，情感的湧動，讓年輕的筆與紙碰在一起。大概是從臨摹事物開始，被與人交流的渴望推著，進入到自我表達的鬥室。又終於在進入社會之後，經歷了身份轉變的陣痛，彷彿突然被推下了深水，或是拋到了半空，連忙尋找自己與時代的坐標系，並以此向外眺望。

　　這個過程中，幾度停筆，也曾一度感到釋放，卻又終於覺得空虛。越寫，就越深知抒情之不可能，以至於，每一次下筆，都伴隨著某種失去。或許不寫的時候，帶來的意義同樣重要，彷彿真的變成了筆下的形象，投身於地鐵的人流，不停轉變身份，變換聲調，在信息爆炸的當下，看時間被擊碎，散落成許多個無意義的時刻，卻在離群

的剎那，又感受到了某種悶聲的呼告。

　　尚未作別的青春，以及同樣尚未到來的中年，各自拉扯，形成了如此複雜的矛盾體，推動著我，也阻隔著我，如同陷入猶疑的演員，時而沉浸在戲劇之中，又在某個片刻，撕扯開眼前的帷幕，卻發現帷幕之外仍是帷幕，舞臺背後仍是舞臺。洶湧的人群遊走在周圍，有人清醒地裝睡，有人沒有意識地醒著，有人在夢中意識到自己在做夢，有人在醒著的時候仍在不斷地再次醒來。

2018.10.27

語言文學類　PG2293　陸詩叢04

降落的時刻：
蘇畫天詩選2010－2019

作　　者／蘇畫天
主　　編／楊小濱、茱萸
責任編輯／石書豪
圖文排版／林宛榆
封面設計／邵君瑜
封面完稿／蔡瑋筠

發 行 人／宋政坤
法律顧問／毛國樑　律師
出版發行／秀威資訊科技股份有限公司
　　　　　114台北市內湖區瑞光路76巷65號1樓
　　　　　電話：+886-2-2796-3638　傳真：+886-2-2796-1377
　　　　　http://www.showwe.com.tw
劃撥帳號／19563868　戶名：秀威資訊科技股份有限公司
　　　　　讀者服務信箱：service@showwe.com.tw
展售門市／國家書店（松江門市）
　　　　　104台北市中山區松江路209號1樓
　　　　　電話：+886-2-2518-0207　傳真：+886-2-2518-0778
網路訂購／秀威網路書店：https://store.showwe.tw
　　　　　國家網路書店：https://www.govbooks.com.tw

2019年9月　BOD一版
定價：200元

國家圖書館出版品預行編目

降落的時刻：蘇畫天詩選2010-2019 / 蘇畫天著.
-- 一版. -- 臺北市：秀威資訊科技, 2019.09
　　面；　公分. -- (華文現代詩；PG2293) (陸
詩叢；4)

　BOD版
　ISBN 978-986-326-724-9(平裝)

851.487　　　　　　　　108012974

讀者回函卡

感謝您購買本書，為提升服務品質，請填妥以下資料，將讀者回函卡直接寄回或傳真本公司，收到您的寶貴意見後，我們會收藏記錄及檢討，謝謝！
如您需要了解本公司最新出版書目、購書優惠或企劃活動，歡迎您上網查詢或下載相關資料：http:// www.showwe.com.tw

您購買的書名：_____

出生日期：_____年_____月_____日

學歷：□高中 (含) 以下　　□大專　　□研究所 (含) 以上

職業：□製造業　□金融業　□資訊業　□軍警　□傳播業　□自由業
　　　□服務業　□公務員　□教職　　□學生　□家管　□其它____

購書地點：□網路書店　□實體書店　□書展　□郵購　□贈閱　□其他

您從何得知本書的消息？

□網路書店　□實體書店　□網路搜尋　□電子報　□書訊　□雜誌

□傳播媒體　□親友推薦　□網站推薦　□部落格　□其他_____

您對本書的評價：(請填代號　1.非常滿意　2.滿意　3.尚可　4.再改進)

封面設計____　版面編排____　內容____　文／譯筆____　價格____

讀完書後您覺得：

□很有收穫　□有收穫　□收穫不多　□沒收穫

對我們的建議：_____

_____

_____

_____

11466
台北市內湖區瑞光路 76 巷 65 號 1 樓

秀威資訊科技股份有限公司　　　收

BOD 數位出版事業部

∙∙

（請沿線對折寄回，謝謝！）

姓　　名：＿＿＿＿＿＿＿＿　年齡：＿＿＿＿　性別：□女　□男

郵遞區號：□□□□□

地　　址：＿＿＿＿＿＿＿＿＿＿＿＿＿＿＿＿＿＿＿＿＿＿＿＿

聯絡電話：(日)＿＿＿＿＿＿＿＿＿　(夜)＿＿＿＿＿＿＿＿＿

E-mail：＿＿＿＿＿＿＿＿＿＿＿＿＿＿＿＿＿＿＿＿＿＿＿